U0074761

妖怪醫院 1
妖怪也會感冒
文 富安陽子 圖 小松良佳 譯 游韻馨

要是那一天我不去白狐堀抓魚，
就不會走進那條不可思議的小巷子，
也不會在那裡迷路。
我在那條巷子的盡頭發現一家醫院，
遇到全世界絕無僅有的
妖怪內科名醫。

# 目錄


1 貝殼鈕扣 6

2 陌生小巷 11

3 妖怪內科之鬼燈醫院 19

4 變身？不變身？ 27

5 你是誰？ 36

6 鬼燈京十郎醫生 49

7 在醫院留守 58

8 無臉鬼與黑影老鼠 75
9 前往朱雀山的山頂 88
10 愛吃小孩的妖怪 102
11 我會被鬼吃掉嗎？ 116
12 鬼燈球魔法鈴 127
13 妖怪內科的助手 135
鬼燈京十郎的診療日記
**無臉鬼篇** 141
456 讀書會之妖怪小學堂 145

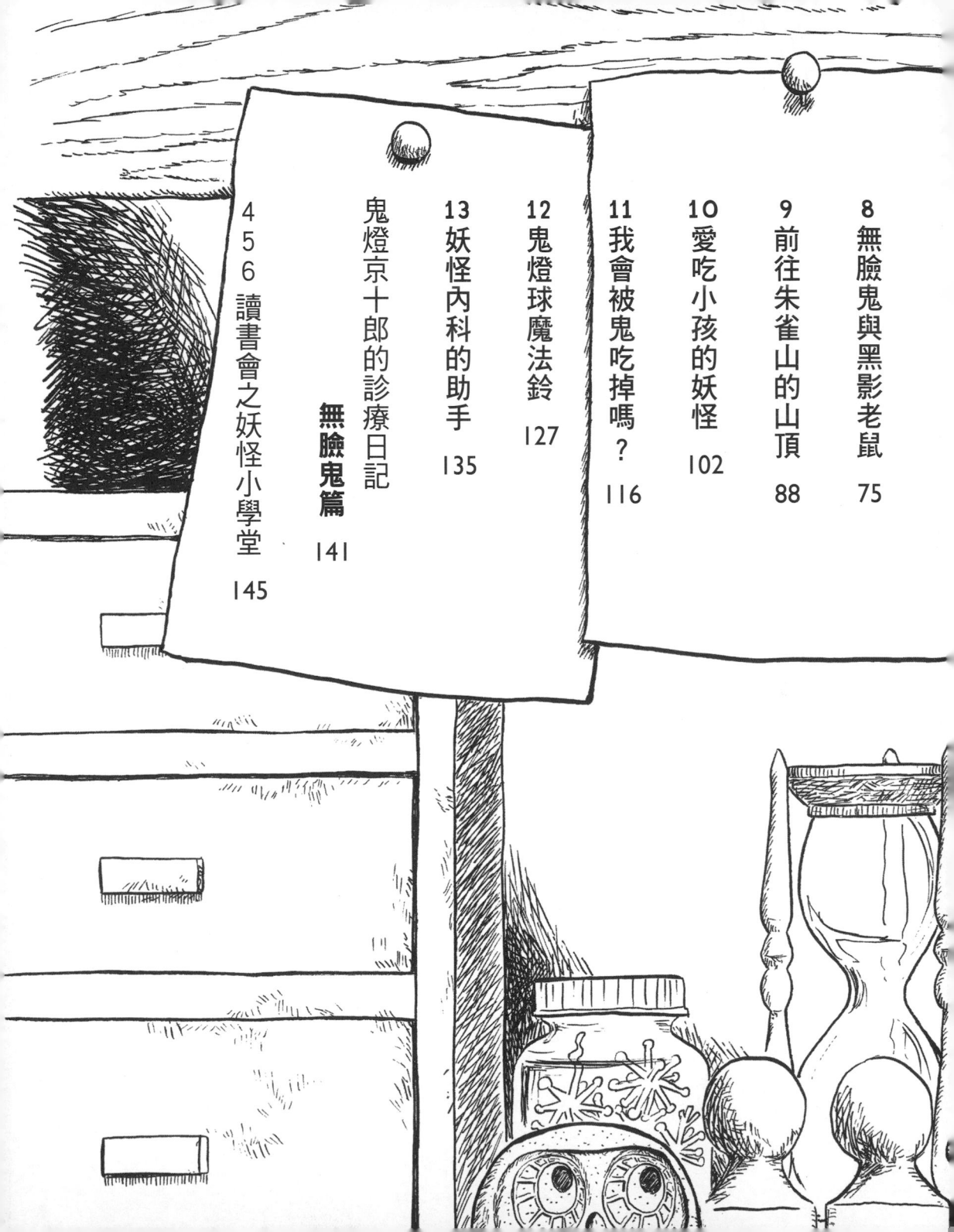

妖怪醫院 1

# 妖怪也會感冒

文/富安陽子　圖/小松良佳　譯/游韻馨

# 1 貝殼鈕扣

我第一次遇見鬼燈京十郎醫生，是在十月分的某個星期六。

那天我完全沒有料到會認識鬼燈醫生，只是在偶然的機會下，恰巧走進某條不知名的小巷子，來到鬼燈醫生開的神祕醫院。

醫院的屋瓦像魚鱗般排列，屋頂下方有一扇小窗。我從窗戶往內瞧，看見一間小小的診間，正中央有一張黑色皮革扶手椅，鬼燈醫生就坐在椅子上，看起來很不開心。

當時，我完全不知道他就是全世界絕無僅有的妖怪內科醫生，

我也不知道那是鬼燈醫生天生的長相，他並不是因為發生什麼事而不開心。

話說回來，在遇見鬼燈醫生之前，我從來沒聽過這個世界上有專門治療妖怪的醫生，不知道妖怪也會生病。

我猜想就算去問學校老師、補習班老師或是爸爸媽媽，他們應該也不知道有這種事。

他們不知道的原因很簡單，因為鬼燈醫院根本不在我們生存的這個世界，而是在另一個地方；照理說，不可能有任何人可以進入通往那個地方的入口。

如果真是如此，我為什麼可以進入那個入口？相信大家都很想知道。說得簡單一點，這一切起因於那一天，我到羽束神社①後面的排水溝抓小鯽魚。

神社後面有一條排水溝叫做「白狐堀」，水溝旁有一座小小的稻荷堂②，裡面供奉著很久很久以前住在神社境內的白狐。從稻荷堂旁探頭看向排水溝，可以發現一大群小鯽魚在陰暗的水底游動。我的同學山下向我炫耀，上個星期天他在這裡抓到四條小鯽魚。

輸人不輸陣，我怎麼能讓他專美於前？我一定也要抓到小鯽魚才行！於是那天我從家裡帶著魚網和水桶，衝到排水溝抓魚。結果魚網裡撈到的不是小鯽魚，而是一顆貝殼做成的鈕扣。

我拿起那顆貝殼鈕扣仔細看，發現它上面有兩個小洞，散發出

漂亮光澤，看起來很精美。我捨不得丟，順手將它收進口袋裡。

我完全沒想到，這顆鈕扣就是帶我走進神祕世界的重要寶物。

---

①日本傳統宗教「神道教」的祭祀場所，類似臺灣的廟宇。主要祭祀對象為天照大神，同時崇仰自然萬物及各種神靈，最具代表性的是掌管財富與農作物的稻荷神社。

②位於神社境內的祭祀廳堂，供奉祈求五穀豐盛、生意興隆、消災開運的稻荷神。由於日本從中世紀開始將狐狸視為稻荷神的使者，因此供奉稻荷神的神社或廳堂裡都有狐狸石像。

# 2 陌生小巷

中午時間一到，附近工廠報時的鈴聲響起，我的肚子也跟著叫了起來。雖然我一條魚都沒抓到，還是決定帶著空水桶和魚網回家。

從羽束神社走到我家要花十幾分鐘；若是騎腳踏車，一下子就能到家。但那天我打算提著裝滿小鯽魚的水桶回家，所以沒騎腳踏車出門。

「早知道我今天會提空水桶回家，早上就應該騎腳踏車出門。」我一邊想，一邊走過神社境內，穿過正面的大鳥居③，往門前町的大馬路走去。

門前町四周都是傳統日式房子，低矮的稻草屋頂往外延伸，遮蔽陽光的屋簷緊密相連。秋高氣爽的正午陽光照著屋簷，穿過稻草縫隙，在地面灑下一大片涼爽的陰影，讓我好想在這裡睡午覺。

大馬路上空無一人，連一隻小貓也看不到。

我獨自走在寧靜的柏油路。現在是中午吃飯時間，家家戶戶都在準備午餐，咖哩的香氣、炒飯的油香沿著陰涼的屋簷飄了出來，我忍不住深吸一口氣。

我的肚子又叫了起來，讓我不由得喃喃自語：「討厭，我好餓喔……」此時我已經看到這條大馬路前方、連結南北向與東西向兩條馬路的「玉之辻」十字路口。接近十字路口的前方有一座郵筒，就在我經過郵筒時，有一個奇怪的景象引起我的注意。

在我的印象裡，這個郵筒應該佇立在沿著大馬路興建的黑色圍牆前，這道黑色圍牆與隔壁民宅的白色圍牆緊密相連；今天我卻在郵筒後方看到一條小巷。

我再仔細一看，黑色圍牆只到郵筒前方，黑牆與白牆之間出現了一道像縫隙般的窄巷，筆直的往後方延伸。

我感到非常意外，忍不住低聲說：「咦？郵筒的位置好像跟以

前不一樣了？這裡以前有這條巷子嗎？」

我偏著頭往巷子裡看去，看到一名男子快步往裡面走的背影。

「那個人要去哪裡啊？這個方向好像可以到里民活動中心……說不定走這條路可以通到里民活動中心附近，這樣回家就快多了！」

我的肚子已經餓到咕嚕咕嚕叫，所以現在發現這條小路，我覺得自己很幸運。我跟著那位身穿白襯衫的男子，走進了從未見過的小巷子裡。

小巷子的路面是用乾土壓成的，兩側圍起高高的木板牆和厚實土牆，寬度只夠一個人通行，真的很窄。這條巷子像是在兩邊的房子之間鑿出一條縫隙，往前無限延伸。

在這個我每天都會經過的街道內，竟然藏著這條祕密窄巷，讓我感到很驚訝。我一邊在陰暗小巷裡走著，一邊猜著這條巷子究竟通往哪裡？

穿著白襯衫的男子就在我前方幾步的距離，只見他駝著背快速往前走，我也趕緊加快腳步跟上他。

不知走了多久，還沒看到這條小巷的盡頭。風不時從前方灌進來——這條小巷看來是用來保持通風，可是，我走了又走，遲遲看不見出口。

最令我驚訝的是，這條小巷又直又長。照理說，由房子空隙形成的窄巷應該是彎彎曲曲的，就像是在走迷宮一樣。但這條路完全不是這麼一回事。感覺像是有人在街道用尺畫出一條筆直的巷子，從頭到尾沒有任何弧度，更別說是岔路了。我從來沒看過一條巷子

這麼長又這麼筆直。

走在這條看不見盡頭的巷子裡，我心中漸漸感到不安。

我忍不住想放棄，興起「乾脆掉頭算了……」的念頭。停下腳步回頭一看，卻看到令我嚇出一身冷汗的場景。

入口竟然不見了！我明明一直往前走，沒有左彎也沒有右拐，我的身後居然一片漆黑，完全看不見剛剛走進來的巷口。暗巷入口像是被漆黑暗影吞沒，消失無蹤。

---

③鳥居是日本神社的入口，主要用來區分神域與人類所居住的世俗界，可將它視為一種「門」。大鳥居指的是位於神社最外面的鳥居。

# 3 妖怪內科之鬼燈醫院

既然無法回頭，我只好繼續往巷子裡走。一轉身又嚇了一跳，忍不住倒吸一口氣。

剛剛還走在我前面的白衣男子，現在竟然不見了！這究竟是怎麼一回事？現在在我眼前的，只有一條昏暗不清的狹窄道路。

「現在只剩下我一個人了……」一想到這裡，我不禁擔心起來。我現在只想趕快走出這條小巷，所以三步併兩步，跌跌撞撞的往前跑。高聳的牆壁夾著狹窄路面，加上陰暗不明的光線充滿壓迫感，像是要淹沒了我。我的心臟撲通撲通的跳。

原以為再也走不出這條小巷，沒想到我居然看到出口了！

走出小巷盡頭，那裡有一棟房子，外牆上的奶油色油漆看起來漆了很久，感覺有些暗沉。

房子正面是一扇沉重的木門，我抬頭望著外玄關，心裡想著：這裡似乎就是那條長巷的終點。剛剛走了那麼一大段路，終點竟然是別人家，真是白走了！話說回來，如果這裡是巷子的終點，剛剛那名男子到底去了哪裡？難道他走進這棟房子了嗎？

這時候我才注意到大門旁有一個招牌，上面寫著「妖怪內科·

鬼燈醫院」。看來這是一間醫院。可是，什麼是妖怪內科？不僅如此，醫院的名字也好奇怪，明明是醫院卻用「鬼」這個字，感覺有點可怕。我還是趕快離開這個鬼地方好了。不過，我該怎麼出去呢？

我回頭看了一下剛剛走過來的入口，望著那條昏暗狹長的巷子，我告訴自己千萬不要再走進去。

既然如此，就要找其他出路。我猜想往後方繞過這間醫院的庭院，一定可以找到通往大馬路的出口。

決定這麼做之後，我開始繞著房子走。醫院屋頂蓋著一片青銅色屋瓦，在藍天的襯托下十分耀眼。我繞過屋簷下方，穿過茂密的山黃柏樹林，偷偷走到房子後面。

醫院後面有一座用紅磚牆圍起來的圓形庭院，庭院裡綻放著遲開的玫瑰花、色彩繽紛的大波斯菊、紅色雞冠花與黃色萬壽菊，百花齊放、美不勝收。每株花都有無數綠葉襯托，填滿了小小庭院，彷彿占領了這一片天地。

「醫生，求求你看看我，我這兩天都是這個樣子……」

此時房子裡突然傳出說話聲，我趕緊往奶油色牆面靠過去，避免被發現。靠近庭院的落地窗是開著的，可以聽見有人在房子裡說話。

剛剛說話的男子繼續以高亢的聲音說：「你看看我，我從前天就開始變身，卻完全變不回來。再這樣下去，我可能無法恢復原狀；要是真的變不回來，我也不想活了……」

我聽著房子裡的對話，不禁心想：「變身是什麼意思啊？」

此時，另一個人開口說話，聲音聽起來低沉又有威嚴：「是你變身太多次了。我之前不是警告過你嗎？千萬不要因為好玩就一直變成人類，否則後果不堪設想。變身過度有礙健康，這是妖怪醫學界的常識，別跟我說你不知道喔！才剛剛學會一點皮毛就得意忘形，到最後無法變回原形的妖怪我可是親眼見過好幾隻呢！」

變身過度？妖怪醫學界的常識？見過好幾隻妖怪？他們到底在說什麼啊？他們又是誰？我滿腦子都是這些問題，我真的好想知道答案喔！

我再也按捺不住焦急的心情開始左右張望，想辦法找出可以偷看到房子裡的方法。我抬頭一看，發現這面牆上有一扇小窗。

我毫不猶豫的將自己帶來的桶子倒放在地面，接著踩在桶子上，探頭往窗戶裡看。

撲通撲通撲通！我的心跳得好厲害。

# 4 變身？不變身？

我探頭往屋裡看，第一眼看到一名瘦瘦的男人翹著腳，坐在一張黑色皮革扶手椅上。

他身穿白袍，胸前掛著聽診器，額頭正中間還戴著一個銀色圓形反射鏡。

雖然從穿著打扮來看，他像是一名醫生，但他給人的感覺卻更像是會使出詭異魔法的巫師，或是會耍障眼法的魔術師。

他的一頭黑髮從眉心往左右兩邊中分，髮尾在兩耳上方翹起，

高挺的鷹勾鼻下掛著捲翹的八字鬍，倒三角形的下巴線條勾勒出剛強的個性。

他的眼神十分銳利，我幾乎以為他發現我在偷看他，忍不住嚇出一身冷汗。還好只是我多心。

那個男人根本沒注意到小窗的動靜，他的全部心力都在眼前的病人身上。

了解屋內的狀況後，我鬆了一口氣。再次伸直剛剛往下縮的脖子往裡看，終於看到坐在鬍子男對面的病人背影，我差點叫了出來。

他就是剛剛那個人！就是那個穿著白襯衫、駝著背，走在我前面的男子！他果然走進了這間房子裡。

正當我還在回憶剛才的情景，那名男子身體稍微往前傾，對著黑鬍子男說：

「鬼燈醫生，不要這麼說嘛！拜託你救救我，幫我看看到底哪裡不對勁，為什麼我不能變回原形？找出原因後一定要開特效藥給我吃，求求你了！要是我這次能恢復原狀，我保證我一定會聽醫生的話，再也不變身。」

他的聲音很高亢，是我之前聽到的那個說話聲。我很好奇白襯衫男究竟是什麼人。

不僅如此，他們說的每一句話都引起我的好奇心。變身到底是什麼意思？他們到底在說什麼？

眼神銳利的黑鬍子男面對我的方向坐著，重重的嘆了一口氣。

「要是有特效藥，我就不用這麼辛苦了。唉，算了，告訴我你的症狀吧，說得詳細一點。你剛剛說你前兩天就變成這樣——你變身的時候，人在哪裡？」

白襯衫男回答：「我想想……我在日暮山森林的草叢裡。當時我已經有一陣子沒去人類世界，正打算到小鎮上玩，所以就想稍微換個模樣，變成現在這個樣子。」

「你施展魔法的時候有沒有發生什麼怪事？比如說，這次很難變身，或是忘記收起尾巴之類的事？或者出現頭痛、眼前閃出火光等現象？」

「沒有任何異狀，跟以前一樣，一下子就變身完成。我變成人形後，立刻跑出去玩了。」

「你何時發現自己變不回來？」

「我想想……我記得那天傍晚我從小鎮回到森林裡，想要解除魔法卻解除不了。所以說，應該是前天傍晚發現的。」

「嗯。」黑鬍子男雙手抱胸。「你在小鎮裡有沒有遇到什麼奇怪

大特像

的事情？你那天在哪一帶閒晃？」

「我先去車站前面的『究極屋』超市，在試吃區吃了一些東西。然後去商店街的電器行前看了一會兒電視，再爬上車站前面的大樓屋頂欣賞人類世界的風景，在那裡待了一陣子……」

說到這裡，白襯衫男突然想起一件事。

「啊，我想起來了！後來我想去羽束神社跟老大打聲招呼，於是走到白狐堀，在那裡遇到有人出來遛狗。那隻狗一直對我狂吠，又掙脫繩子向我衝來。我嚇了一大跳，差點就要露出尾巴，還好我立刻爬上排水溝旁的石牆，才躲過一劫。當時真的是千鈞一髮啊！」

此時，我看到黑鬍子男的眼中閃出一道精光。

# 5 你是誰？

「我說你啊，」黑鬍子男氣定神閒的對著白襯衫男說：「你身上那件襯衫由上往下數的第二顆鈕扣到哪兒去了？其他鈕扣都在，只有它不見了。你一開始變成人形時就沒有那顆鈕扣嗎？還是本來有，後來不曉得掉在什麼地方了？」

白襯衫男一聽，立刻從椅子上跳起來，椅子被他突如其來的舉動撞得喀答喀答作響。他低頭看向自己的胸口，雙手摸遍襯衫每一處角落。

「不會吧！怎麼會有這麼蠢的事！太倒楣了吧！」

正當白襯衫男手足無措、絕望大叫之際，我想起之前收在口袋裡的那顆貝殼鈕扣。

黑鬍子男嚴肅的盯著白襯衫男看，態度威嚴的說：

「你忘了嗎？『不欠不缺』是變身術的基本原則！變身時身上有哪些東西，想要變回來時就必須保持原有狀態，不能缺少任何一樣東西，這一點你應該知道吧？假設你變身時穿著袈裟、手拿念珠、腳踩草履鞋，解除魔法時也要穿戴袈裟、念珠與草履鞋，否則無法恢復原狀。無論是少了袈裟、念珠或掉了一隻鞋，都無法變回來。

「話說回來，要是那顆鈕扣是你變身後才掉的，那就大事不妙了！一天找不回那顆鈕扣，你就一天無法變回原形；要是一輩子都找不到……你就一輩子這麼過吧！」

「我不要……」白襯衫男絕望的哀號著，看起來垂頭喪氣、萎靡不振。「一定是那個時候掉的——我爬上石牆時注意力都放在小狗身上，影響到變身法力。沒想到我竟然會掉了一顆鈕扣……那一顆小小的鈕扣要是滾到排水溝裡，說不定早就被魚吃掉。我完了！沒有那顆鈕扣，我也別想變回原形……」

聽到白襯衫男這麼說，我沒辦法坐視不管，完全忘了自己正從小窗偷窺他們，忍不住大叫出聲：

「你說的是這顆鈕扣嗎？」

話一說完，房子裡的時間彷彿凍結。沒有人開口說話，也沒有人做出任何動作。

看到如此尷尬的場面，我心中大感不妙，黑鬍子男的犀利雙眼轉向我，直盯著我看。這次換我不敢動彈。

只見他慢慢起身，往牆壁方向走過來，站在小窗前雙手插腰，雙眼注視著我。我像是被蛇盯上的青蛙般全身僵硬，忍不住在水桶上「立正站好」。

黑鬍子男問：「小朋友，你是誰？你叫什麼名字！」

如低音提琴般沉穩威嚴的聲音傳入耳中，我忍不住抬頭挺胸，照實回答：

「我就讀丸山國小五年二班，座號是二十八號，我的名字是峰岸恭平！」

「告訴我，恭平，你為什麼會在這裡？」黑鬍子男接著問。

我回答不出來，維持著「立正站好」的姿勢。此時白襯衫男往我這裡走過來，突然興奮的大喊：

「啊！就是這個！這是我的鈕扣！真的是我的鈕扣！醫生，這個小朋友拿著我的鈕扣！」白襯衫男看著我放在小窗前給他們看的鈕扣，語無倫次的大叫著。

黑鬍子男看向我用手指頭捏著的鈕扣，態度從容的對我說：「我覺得應該再問你一個問題：你是怎麼拿到這顆鈕扣的？」

我決定先從最簡單、最容易回答的答案說起：「我本來想去白狐堀抓魚，沒想到用魚網撈魚時撈起了這顆鈕扣。」

一聽完我的回答，白襯衫男伸出雙手，使出全身的力氣大叫：「還給我！那是我的鈕扣！還不快還給我！」

看到白襯衫男的舉動，我嚇了一大跳。

此時黑鬍子男制止他：「這位小朋友可是好心將鈕扣撿回來還給你，你這麼說話太失禮了吧？也不想想你剛剛還一把鼻涕一把眼淚的說沒有那顆鈕扣就完了，你至少也該說聲謝……」

黑鬍子男的話還沒說完，白襯衫男忽然伸手將我手中的鈕扣搶過去。我還來不及尖叫，只能呆呆的看著他搶過去。我人在窗外，根本沒辦法再搶回來。

白襯衫男從我這裡搶過鈕扣後，立刻將鈕扣放在胸前。只見那顆鈕扣像是被吸住一樣，回到襯衫上原有的位置。明明沒縫上去，卻緊緊貼在第二個扣眼上，真是不可思議！

「得救了！」白襯衫男開心的舉起拳頭，對著天花板歡呼，下一秒便往庭院跳。由於他的動作太快、太突然，我根本來不及看清楚。只看見一團白色物體穿過房間，從敞開的落地窗滾到外面去。

秋日將庭院照得暖洋洋。這團白色物體滾到庭院的那一刻，突然從白色變成褐色，繞過房子角落，從我的腳下跑掉了。

那團物體掠過我腳下的藍色水桶旁時，我發誓我真的看到了一條粗粗的褐色尾巴，庭院裡的泥土還清楚印著四隻腳的動物腳印。

此時我還不知道自己到底看到了什麼，也搞不清楚目前的狀況。不一會兒，我又聽見那股低沉威嚴的聲音。

「簡單來說，多虧有你，那傢伙才能符合『不欠不缺』的條件，變回原形，真是可喜可賀。我想你應該看到那傢伙的原形了吧？那傢伙是住在日暮山不動岩裡，以為自己很厲害的狐妖。」

這一切就像一場夢。我緊緊盯著黑鬍子男的臉，戰戰兢兢的

問：「大叔……請問大叔，你是誰？」

黑鬍子男聽我這麼問，立刻挺起胸膛，用手指捏著捲翹的八字鬍，自豪的報上自己的名字：「我叫鬼燈京十郎，是當今世上獨一無二、偉大的妖怪內科專科醫生。」

我吞了一口口水，仔細觀察站在我眼前的這個男人。

原來門上招牌寫的是他的名字啊，而且這個人還是位妖怪內科醫生。

鬼燈醫生看我不發一語，隔著小窗對我笑了笑。

「別一直站在那兒，從庭院那裡繞過來，進來坐坐吧！我想知道人類小孩是如何走進那條鬼燈小路到這裡來。」

我照他的話走下水桶，將魚網靠在牆上，走過從樹葉縫隙灑下耀眼陽光的庭院，進入充滿藥品味道的小房子裡。

這就是我與鬼燈京十郎醫生相識的經過。

# 6 鬼燈京十郎醫生

我走進鬼燈醫院的診間，坐在病患專用旋轉椅上，將我當天誤入陌生小巷的來龍去脈，一五一十的說給黑鬍子鬼燈醫生聽。

鬼燈醫生聽完之後只點點頭「嗯」了一聲，接著對我說：

「我猜你撿到的那顆鈕扣與妖怪主人彼此相連，才會將你帶往那條巷子的入口。那顆鈕扣原本就是狐狸身體的一部分，所以它會自動尋找自己的主人，希望回到主人身邊。」

說完之後，鬼燈醫生一邊拉著下巴的鬍子，臉色凝重的思考了起來。

不一會兒，他開口說：「我之前已經將鬼燈小路的入口封起來，避免人類闖入，但你還是走了進來。這代表裝在入口大門的感應器沒有發揮作用。可能是因為你手中握有狐狸的一部分，所以感應器也把你當成妖怪。看來我得調整一下感應器才行，要是再有什麼意外，讓人類在這家醫院附近晃來晃去，那就麻煩了。」

「為什麼？」我忍不住開口問。「為什麼人類來這裡會很麻煩？難道醫生不是人類嗎？」

鬼燈醫生立刻瞪大眼睛看著我，我彷彿聽見眼球朝我掃過來的聲音。他接著回答：「我是不是人類一點都不重要，至於為什麼人類來這裡會很麻煩……因為我光是幫妖怪看病就忙不過來了。外面多的是幫人類看病的醫院，但幫妖怪看病的醫生只有我一個人啊！」

就在此時，醫生的背後突然傳出一陣尖銳的叫聲。

「呼嗚嗚！呼嗚嗚！呼嗚嗚！」

我看向醫生身後的辦公桌，發現桌子角落放著一個貓頭鷹石雕，它竟然正張著嘴大叫。

鬼燈醫生被貓頭鷹吵得受不了，轉過頭看著它，問：「什麼事？又是誰在緊急呼叫？」

「緊急呼叫、緊急呼叫！你不要看錯了，我是貓頭鷹，不是九官鳥！」

這座貓頭鷹石雕竟然還會大吼大叫的說冷笑話，我在一旁看得目瞪口呆。

鬼燈醫生對貓頭鷹說：「我知道，你是聰明的貓頭鷹。那麼，聰明的貓頭鷹大人，請告訴我這次呼救的急診病患在哪裡？我要去哪裡找他呢？」

那顆圓滾滾的貓頭鷹石雕在桌子上咚咚咚的轉換方向，眼睛看向打開的落地窗外，直盯著某一點。

貓頭鷹說：「往北北東方向，天狗『八光坊』在青龍山的山頂呼救。他不小心從雲朵上踩空掉下來，鼻子撞到地面骨折，真的好慘哪！」

鬼燈醫生回答：「又是那隻天狗老頭？今年他已經是第三次求救了耶！第一次說『胸口好痛，我快死了』，我趕去一看才發現原來是他吃太多紅點鮭；第二次又說『耳朵突然聽不見』，到現場才發現他的耳朵裡長了香菇！害我還要幫忙摘『天狗菇』，真是會折騰人。這次竟然又說鼻子骨折！」

醫生嘴裡碎唸著，雙手還不忘將必備藥物、繃帶、OK繃全部塞進一個大大的黑色看診包。我在一旁靜靜看著他。

突然，醫生停下手邊的動作，不耐煩的「嘖」了一聲說：「糟了，我忘記今天下午還有一隻妖怪已經預約看診。」接著轉頭對我說：「小朋友，在我回來之前，你幫我好好看著這裡。」

「什麼！我嗎？幫你看家？你要留我一個人待在這間奇怪的醫院裡？」我驚訝的大叫。

「什麼叫奇怪的醫院？我根本沒邀請你，你就擅自跑到我家來，我都沒計較了，你還說這種話，太失禮了吧？不要擔心啦，只要幫我看著就好，一點都不難，算我拜託你。預約患者來了之後，請他

在候診室坐著等就可以。除此之外，其他人來就說醫生不在，請他下次再來。」

# 7 在醫院留守

雖然醫生說只要幫他看著，一點都不難，但我還是很不想待在這裡。這家醫院的招牌寫著「妖怪內科」，來這裡的病人當然只有妖怪。我一個人待在醫院留守，還要叫特地來這裡看病的妖怪下次再來，真是太危險了！要是其中有吃人的妖怪，一看我是人類的小孩就想吃掉我，那不就糟了！

鬼燈醫生見我沉默不語，像是看透了我的想法，從黑色包包中拿出一張長紙條對我說：「你轉過去，我在你背後貼一張護身符。

只要貼了這張護身符，妖怪就看不到你，你也不用擔心那些存心不良的妖怪攻擊你。此外，只要病患走進醫院玄關，裝在門口的鬼燈球④造型門鈴就會發出叮鈴咚隆的聲響。你聽見門鈴聲就走進診間旁邊的配藥室，打開櫃檯窗口，對著候診室裡的病人說『鬼燈醫生外出看急診病患，現在不在』，這樣就可以了。」

牆角的辦公桌旁有一道白色窄門，醫生指著那道小門向我解釋。我想那應該就是配藥室的出入口。

醫生接著又提醒：「不管對方說什麼，你都不要聽。他們對你發脾氣、鬧彆扭、抱怨或咆哮都不要理會，只要對他們說『我什麼都不知道，請下次再來』就可以了，知道嗎？」

「……知道了……真的沒問題嗎……」我低聲的抱怨了幾句，轉過身去，讓醫生將護身符貼在我的背上。

照理說，我應該斷然拒絕醫生的請求；但仔細想想，我不知道他是不是人類，要是惹怒他，他一氣之下把我吃了，那就慘了。

「好了，我出門嘍！我很快就回來。」醫生揮著手對我說。

我突然想到一件事，趕緊開口問：「預約的患者是誰啊？」

鬼燈醫生剛從落地窗走出去，一腳踩在明亮的庭院裡，聽到我這麼問，他慢慢轉身對我說：「是無臉鬼……」

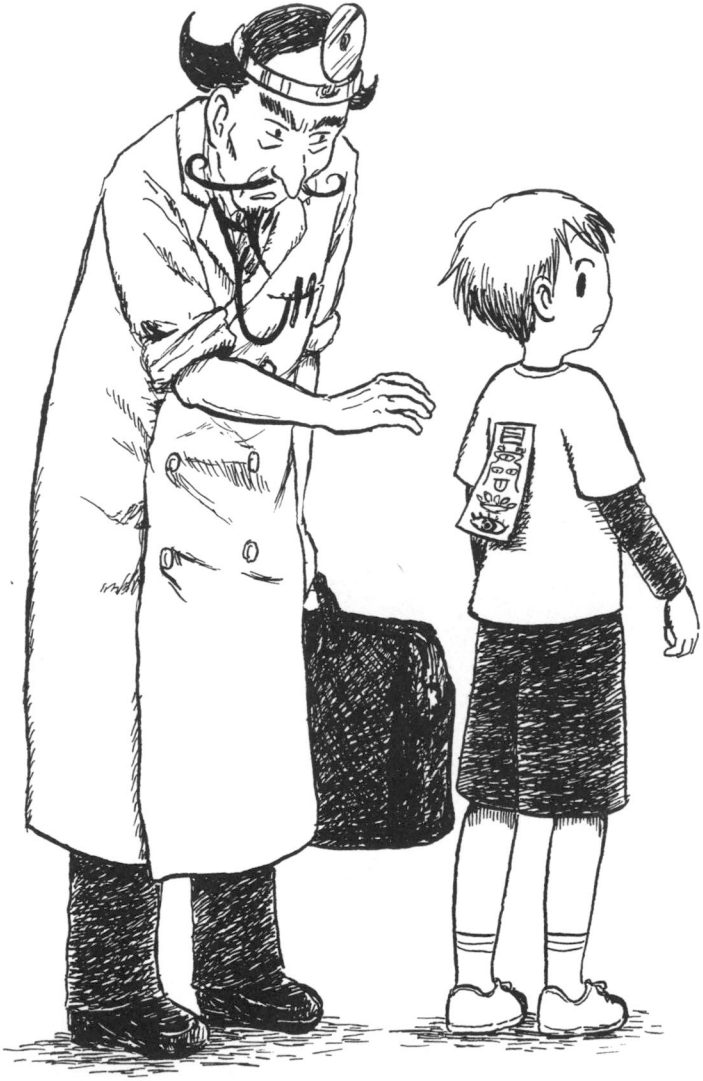

「什麼！」我嚇得大叫出聲。醫生立刻拔腿往庭院外圍的紅磚牆跑去。

我一看到醫生拔腿狂奔的模樣，焦急大喊：「等一下！我不要！我不想看到無臉鬼！我不知道要跟無臉鬼說什麼！再說，無臉鬼會說話嗎？他又沒有眼睛、耳朵、鼻子和嘴巴，要怎麼說話啊？」

「沒問題，你可以的！我很快就回來，馬上就回來！」醫生一邊說一些空話敷衍我，一邊對我揮揮手，走進玫瑰叢裡。

「給我等一下！」我跳進庭院想要追上鬼燈醫生，撥開玫瑰叢探出頭去，看見紅磚牆上有一道後門；那道木製小門剛被打開，門片正緩緩關上。

我趕緊跳到剛關上的小門前用力轉動黃銅門把。可是，無論我怎麼用力又推又拉，甚至搖動門把都打不開小門。

醫生一定是從這道小門出去的。

我就這樣一個人被留在醫院裡。

「可惡！」眼看無計可施，我用力踢了小門一腳，就在這個時候——

叮鈴咚隆、叮鈴咚隆……

從昏暗的診間另一邊，傳來輕輕的門鈴聲。我立刻在紅磚牆的

小門邊站好，轉頭看向醫院。

叮鈴咚隆、叮鈴咚隆……

我可以確定那是門鈴聲，有人打開玄關門走進醫院，接著我又聽到大門關起來的聲音。

到底是誰呢？不曉得這次來的是什麼樣的傢伙？會不會是就是那個無臉鬼？

我再次看了一眼那道打不開的小門，放棄逃出去的打算。我輕輕移動腳步，避免發出聲音，迅速跑回診間裡。接著跑到牆角，打開白色小門，躲進配藥室中。我打開配藥室牆上的小窗，觀察候診室的動靜。

我發現候診室裡有人……嗯，應該是說有個物體在小窗另一邊蠕動著。

那個物體看起來很像油性黏土捏成的大山，也很像融化中的冰淇淋，更像大型蛞蝓王。仔細一看，他全身上下布滿數也數不清的眼睛，看起來很噁心。

我拚命忍住想要尖叫的衝動，驚恐的想著：「這傢伙到底是什麼啊？為什麼全身都是眼睛……」

此時我還不知道這隻妖怪的名字叫「百目」。百目在候診室裡走來走去，他身上的眼睛四處張望，感覺很不安。

多虧鬼燈醫生幫我貼護身符，他身上那麼多隻眼睛，卻沒有任何一隻眼睛看到我。

我真的很不想跟這麼噁心的妖怪說話，但要是不趕他走，他一定會一直待在候診室。

於是我只好從配藥室的小窗開口說話：「嗯，哈囉！那個全身都是眼睛的物體。」

百目似乎聽到我的聲音，他身上無數的眼睛一齊看向我這邊。

這個景象真的是太恐怖、太噁心了，我忍不住往後退了兩步。

健康檢查
不可過度變身！

「誰在說話話話話話……你在哪裡裡裡裡裡……」百目從體內發出顫抖的聲音說著。從他的反應看來，他真的沒發現我。我終於放下心中的大石頭，從小窗探頭出去。

「不好意思，鬼燈醫生外出看急診病患，現在不在。可以請你下次再來嗎？」

聽我這麼說之後，百目開始像果凍般晃動他的身體。

「他該不會是生氣了吧？」我很擔心自己惹他生氣，沒想到他乖乖的轉身就走。看著他的背影，我完全搞不清楚哪一邊是正面、哪一邊是背面。

「那我回家了了了了了……」長得很像蛞蝓王的百目一邊喃喃自語，一邊蠕動著他的身體走出門口，離開醫院。

「呼……好險……」好不容易鬆一口氣，但輕鬆的時刻轉眼就沒了，又有病患陸續走進鬼燈醫院的大門。

先是河童爺爺走進來，說要請醫生幫他去除背上硬殼的黴菌。

接著是轆轤首長頸怪，說她昨天晚上落枕了，脖子縮不回來。

不一會兒，又有一個臉上長了一隻眼睛，身材魁梧的和尚，邊打噴嚏邊走進來。

不僅如此，還有一團熊熊燃燒的藍白色鬼火，以及一條大到可以繞醫院一圈的巨蛇也走進醫院裡，我完全看不出他們哪裡不舒服。

除了一眼就能看出是妖怪的患者之外，還有一名長得十分漂亮的女子，一進候診室便坐在沙發上喊著：「我的蛀牙好痛，痛得受不了！」我強烈懷疑她應該是人類吧，怎麼會來這裡？沒想到下一秒她就撥開柔順的長髮，露出長在後腦杓的另一張嘴，對著我微笑，嚇得我說不出話。我猜她是傳說中的「二口女」，後腦杓那張嘴的臼齒好像蛀掉了。

不管來的是什麼妖怪，我都遵照鬼燈醫生的吩咐，請他們下次再來。

有些病患氣急敗壞的抱怨，有些人，喔，不，有些妖怪生氣的破口大罵，但我完全不理會他們。

漸漸的，我慢慢習慣請妖怪回去的工作。聽見門鈴響起，我再也不會不知所措。

不斷湧入鬼燈醫院的病患潮好不容易停了下來，我忍不住嘆口氣說：「鬼燈醫生到底什麼時候才回來啊……」

叮鈴咚隆、叮鈴咚隆。

外面又輕輕響起門鈴聲，提醒屋裡的人病患上門了。

「哎呀！又有病患上門了……」

我探出頭去，從小窗查看候診室的狀況。

我看見一隻無臉鬼站在候診室裡。

④又名酸漿，原產於南歐往東直到南亞、中國、日本。屬於園藝植物，果實可食用，亦可藥用。

# 8 無臉鬼與黑影老鼠

候診室裡的妖怪穿著灰色長褲，上身罩著白色開襟短袖襯衫，頭上還戴著一頂麥桿帽，腳上踩著木屐，手裡拿著一把白色扇子。

這個裝扮怎麼看都是鄉下阿伯的穿著，唯一不同的就是這位阿伯沒有眼睛、嘴巴、眉毛、鼻子和耳朵。

麥桿帽下是一張光滑、沒有皺紋的臉。一張什麼都沒有的臉，看起來真的很奇怪。該有眼睛的地方沒有眼睛，該隆起鼻子的地方一片平坦，感覺就像是臉頰的皮膚覆蓋著整張臉。

這是我第一次見到無臉鬼。當無臉鬼走過小窗前，我目不轉睛的盯著他的臉。

他緩步走過候診室，沒有停下來等候叫號，直接走到診間門口。他的腳步歪斜不穩，似乎花了很大的力氣才能往前走，看起來很不舒服的樣子。

直到無臉鬼伸出手想要轉動診間門把，我才終於回過神，慌張的開口制止。

「哈囉！無臉鬼先生，醫生外出看診，現在不在。不好意思，請你在候診室……」

我還來不及說出「等一下」，無臉鬼就已經打開門，脫下帽子一鞠躬，走進診間。

我驚覺大事不妙，趕緊打開配藥室的小門，觀察診間裡的動靜，發現他已經坐在病患專用的旋轉椅上，打開手中的扇子在胸口附近搧風。

「呃……算了，隨他去吧……」我心想，在候診室等和在診間等應該沒什麼差別吧！再說，我不認為無臉鬼聽得到我說話。畢竟他沒有眼睛、鼻子、嘴巴和耳朵，也不能太強求他。

我從配藥室的小門悄悄溜進診間，坐在鬼燈醫生的辦公桌一角，默默注視著無臉鬼。

無臉鬼不時慢慢的轉動脖子，或用自己的手按摩脖子，看起來好像不太舒服。他沒說任何一句話。我也沒說話。不一會兒，無臉鬼開始打瞌睡，他的頭不停往前點。

此時，不可思議的事情發生了。

就在無臉鬼邊打瞌睡邊點頭之際，他的頭上開始冒出一團像是煤炭燒過後產生的黑色煙霧，感覺也像是一團黑影。

我一邊想著「那是什麼啊？」一邊緊盯著那團黑影不放。

那團黑影看起來像是從無臉鬼的身體慢慢冒出來。

黑影不斷往上冒，在診間的天花板結成一團，隱約形成某個形體。我屏住呼吸，看著那個物體成形。

啊！是老鼠！

黑色老鼠飄浮在半空中，低頭看著正在打瞌睡的無臉鬼。

老鼠的耳朵長長的、尾巴也長長的，看似不懷好意的雙眼在成形的黑影中央閃爍著，發出紅色光芒。

那隻黑影老鼠先是觀察了一下無臉鬼，不一會兒，開始在診間天花板晃來晃去。一下子跑到角落聞味道，一下子又飄到半空中俯瞰診間。

最後，黑影老鼠從空中降落，前腳放在無臉鬼的肩膀上，開始啃咬無臉鬼的頭！

雖然黑影老鼠做出啃咬的動作，卻沒有在無臉鬼的頭上留下齒痕，無臉鬼的頭也沒有被啃掉一塊。黑影老鼠不停啃咬，被啃的無臉鬼像是什麼事都沒發生一樣，繼續打瞌睡。

可是，我實在無法坐視不管，我打算抓住那隻老鼠。

打定主意後，我立刻採取行動。先是輕手輕腳的走到庭院，拿起剛剛靠在外牆上的魚網。接著躲在落地窗邊的隱密處，耐心等待時機。

黑影老鼠完全沒注意周遭發生什麼事，依舊飄浮在空中，啃著無臉鬼的頭。

我深吸了一口氣，數到三，舉起魚網向老鼠跳過去。就在網子即將蓋住老鼠的那一刻，黑影老鼠看了我一眼——照理說他應該看不見我，但他那雙閃著紅光的眼睛直勾勾的盯著我看。

我原本以為魚網已經蓋住了老鼠，沒想到那團黑影卻像雲霧被風吹散般瞬間消失，彷彿從未出現過。

一回神，我才發現魚網竟套在無臉鬼圓滾滾的頭上。

這個時候，正在打瞌睡的無臉鬼突然動了起來。

我嚇了一跳，趕緊將魚網丟到庭院裡，假裝什麼事也沒發生。

無臉鬼看似驚訝的用那張沒有眼睛的臉四處張望，接著舉起雙手，伸了一個大大的懶腰。不一會兒，他突然從椅子上起身，逕自走出屋外。

眼見無臉鬼要走了，我趕緊追出去，跟在他後頭說：「哈囉！無臉鬼先生，那個……請再等一下，再一下下就好，我想醫生很快、應該很快就會回來！」

無臉鬼仍自顧自的走掉了。他來的時候走路還搖搖晃晃的，沒想到走的時候腳步輕快，一轉眼便通過候診室，輕輕打開玄關門，從門縫「咻」的滑出去，離開醫院。

叮鈴咚隆、叮鈴咚隆。

安裝在大門上方的鬼燈球造型門鈴，再次輕輕響起。

叮鈴咚隆、叮鈴咚隆。

我看著緩緩關上的玄關門，聳了聳肩，告訴自己：「算了，不管他。我已經按照醫生交代的話做了。再說，是他自己等不下去要走，我也沒辦法。哼！那個醫生也真是的，還說馬上回來，結果到現在還不見人影，他是要我在這裡等多久啊！」

此時，放在診間辦公桌上的貓頭鷹石雕再次叫了起來，彷彿是為了回答我的問題而大叫。

「呼嗚嗚！呼嗚嗚！呼嗚嗚！呼嗚嗚！」

# 9 前往朱雀山的山頂

我趕緊回到診間查看發生什麼事，結果發現辦公桌上的貓頭鷹石雕又開始大叫：「緊急呼叫、緊急呼叫！你不要看錯了，我是貓頭鷹，不是九官鳥！」

「看也知道你是貓頭鷹。」我毫不客氣的說。

「你這小子挺囂張的嘛！要是不說通關密語『聰明的貓頭鷹大人，請告訴我』，我就不告訴你發生了什麼事。」貓頭鷹也不甘示弱的回答。

我雙手一攤，說：「沒關係，你不告訴我，我也無所謂。就算你告訴我誰在呼救，我也幫不上忙。只能等鬼燈醫生回來再說。」

「呼嗚嗚！笨蛋！這次是鬼燈京十郎醫生要找你。醫生說他需要幫忙，要你立刻過去。」

「我才不要，幹麼要去幫忙！」我忍不住對著貓頭鷹大吼。「開什麼玩笑！硬把我留在這裡已經夠煩了，我為什麼還要去幫忙他看病？我又不是醫生的助手或小弟！」

「呼嗚嗚！你對我說這些也沒用啊！」貓頭鷹石雕不懷好意的對著我笑，一邊轉動他的大眼睛。

接著貓頭鷹又說：「總之，你趕快去就對了！要是你惹鬼燈醫生不高興，事情就難收拾嘍！不要再說了，現在趕快出門吧！」

貓頭鷹石雕步步進逼，我忍不住大叫：「好啦，我去就是了！這樣總可以吧！你說吧，我要去哪裡？」

我放軟態度，貓頭鷹那傢伙竟然故意閉緊鳥嘴，恢復石雕的模樣，不再說任何一句話。

看他這個模樣，我深深的嘆了一口氣，按捺住焦躁的情緒，重新提問：「聰明的貓頭鷹大人，請告訴我該去哪裡找醫生？」

貓頭鷹一聽立刻笑了起來，努力轉動沉重的身體，看向庭院，緩緩張開鳥嘴對我說：「往南南西方向，前往朱雀山的山頂！」

可是，我根本沒聽過「朱雀山」，也不知道該怎麼去。

於是我問貓頭鷹：「朱雀山要怎麼去？坐電車還是搭公車？朱雀山離這裡很遠還是很近？」

我遲遲沒聽到貓頭鷹的回答，仔細一看，剛剛還在說話的貓頭鷹石雕已經閉上鳥嘴，恢復石雕狀態。不管我怎麼搖晃，將他翻過來或放在桌上滾，他依舊不發一語。

「哼！沒用的傢伙……」我將貓頭鷹推到桌子角落，開始思考接下來該怎麼辦。

不管是回家或去朱雀山，我一定要先離開這裡，一直待在醫院什麼也做不成。剛剛鬼燈醫生出去看診是從圍牆上的小門出去的，我應該也能從那裡出去。但前提是，我必須打得開那扇門。

「再去試試看吧……」我決定再去試一次。

我走進庭院，來到白色小門前。那道木門隱藏在玫瑰花叢裡，門關得很緊。陽光從樹葉縫隙灑下，照得黃銅門把閃閃發光。我深吸一口氣，伸出手轉動門把。

不可思議的事情發生了！剛剛完全無法轉動的門把，現在竟然打開了！

我開心的大喊：「太好了，我可以出去了！」

我將門把往內拉，毫不費力的打開木門。

一股強風從門口灌進來，吹得庭院裡的樹木沙沙作響。玫瑰花叢窸窸窣窣的搖動著，被吹落的玫瑰花瓣在我身邊飛舞。我抵抗著強風的阻力，逆著風往前走，出了小門。

走出小門之後，我來到一個陌生的地方。眼前是一整片茂密的杉木林，高聳的杉木直入天際，十分壯闊。我不記得自己住的門前町或里民活動中心那條路上，有這麼一片寬廣的杉木林。

這裡到底是哪裡呢？我究竟來到什麼樣的地方？

就在我站著發呆時，背後傳來木門「喀答」一聲關上的聲音。

下一秒我聽見熟悉的聲音說：「觀迎來到朱雀山！」

我趕緊回頭一看，鬼燈醫生從茂密的杉木林深處向我走來。

我才發現小門竟然消失了！我明明才聽見木門關起來的聲音，但回頭一看，木門竟然不見了，取而代之的是一片遼闊的杉木林。

我忍不住大聲驚呼：「咦？小門去哪裡了？紅磚牆呢？醫院呢？怎麼都不見了？」

鬼燈醫生說：「不用擔心，只要有鑰匙，隨時都能開門。先不管這些了，快來辦要緊事吧！不能老是放著醫院不管。」

我還搞不清楚什麼是要緊事、該怎麼辦，但既然來了，只好跟著鬼燈醫生走。

我跟在醫生後面，只見醫生穿梭在杉木林之間，跨過草叢，撥開纏繞在一起的草木樹枝，往森林深處走去。

「對了……」走在我前面的醫生開口說話，「無臉鬼來了吧？」

我回答：「來過了。他一來就打瞌睡，醒來就走了。」

接著我將事情經過一五一十的告訴醫生，包括無臉鬼在醫院的情形，以及他打瞌睡時冒出來的黑影老鼠。

醫生聽完之後說：「原來如此，那隻老鼠是附身鼠妖。」

附身鼠妖指的是附身在別人身體裡興風作浪的老鼠妖怪。

醫生還跟我說，妖怪界有一種疾病稱為「附身妖怪症候群」，除了附身鼠妖之外，還有「附身狐妖」、「附身貓妖」等等。

「那隻無臉鬼之前跟我說他的頭很痛，希望我能治好他。你說他打瞌睡的時候，那隻附身鼠妖一直在咬他的頭，對吧？這麼看來，

他頭痛的原因就是那隻鼠妖。後來你趕走了那隻鼠妖，無臉鬼的頭痛便不藥而癒。他感覺舒服就回家去了。」

我忍不住問醫生：「妖怪也會危害妖怪嗎？」

「當然啊！人類不也是一樣嗎？好朋友之間也會互相扯後腿、霸凌欺負，不是嗎？」

「這麼說也是……」醫生說的話

很有道理，我不禁點點頭。

「好了，我們到了。」鬼燈醫生說：「病人就在這個洞穴裡。」

定睛一看，我和醫生站在一個又深又大的洞穴前。

# 10愛吃小孩的妖怪

那個洞穴看起來很陰森、很詭異。之前我跟醫生走在森林裡，四周吹起清爽的秋風；但現在站在洞穴前，只感覺到洞穴湧出一陣陣悶熱的、帶有腥羶味的污濁空氣。

我不由得吞了一口口水，問醫生：「這裡面有什麼？這次的病人又是誰？」

醫生簡短的回答：「是鬼。」

「他怎麼了？生病了嗎？」

「嚴格來說，他很健康，不能算是病人。我只是來幫他打預防針而已——每年下雪前都要幫鬼注射『鬼流感疫苗』。

「因為『鬼流感』病毒很難對付，只要一隻鬼感染，病毒很快就會蔓延。妖怪染病後，會開始出現流鼻水、關節痛、腹瀉、發燒等症狀。之前有一年鬼流感大流行，每天都有上百隻妖怪跑到醫院看病，我真的快累死了。為了避免同樣情形再次發生，之後我每年都會幫他們注射疫苗。」

「原來只是要打疫苗啊，那不是很簡單嗎？幹麼還要找我來？」我一說完，醫生很嚴肅的點點頭，接著對我說：「是啊，真的很簡

候診時
請安靜

單，只要那傢伙肯乖乖讓我打針就好了。」

我一聽立刻瞪大眼睛問：「你說什麼？」

「事到如今也不能再瞞你了。」醫生繼續說：「那傢伙最討厭打針，用『討厭』兩個字還不足以形容，應該說他最痛恨打針。他就是知道我今年差不多這個時間要來幫他注射疫苗，才躲進這個洞穴。他打算等我拿著針筒走進去時，一把咬住我的頭。去年他就咬了我的手臂，前年還從山頂丟石塊下來砸我的頭。」

聽醫生說了這麼多，我愈聽愈害怕，愈來愈不安，心中湧起一股不祥的預感。

醫生接著說：「每年我都不知道該拿他怎麼辦，但我覺得今天是解決這個問題的好日子。我不只正好有空，還有幫手可以幫忙……」醫生忽然停下來，看了一眼在一旁沉默不語的我。

我感受到醫生的眼神，驚慌的問：「幫手？你是說我嗎？」

「沒錯！」醫生爽朗的點點頭。

我心頭一沉。「可是……我要做什麼呢？我又不會打針。」

「你只要站著就好。」醫生回答。

「只要站著就好？」我複述一遍醫生的話。

只見他立刻別過頭去，故意不看我。

醫生的反應真的很不對勁，我覺得這件事情一定沒有他所說的這麼簡單。

於是我又追問：「醫生，你可以說清楚一點嗎？為什麼我只要站著就可以幫上忙？」

「這個啊，簡單來說……」醫生一邊將手伸進黑色看診包假裝翻找物品，一邊連珠炮似的回答我：「鬼很喜歡人類的小孩，你只要站在洞穴前，那傢伙一定會跑出來。只要他跑出來，我就能抓準時機打針。」

我反覆思考醫生說的話，終於發現哪裡不對勁！

醫生說「鬼很喜歡人類的小孩」並不是指「鬼喜歡跟人類的小孩做朋友」，而是指「鬼最愛吃人類的小孩」。就像我喜歡吃洋芋片一樣，鬼也喜歡吃人類的小孩……換句話說，鬼看到我一定會很想吃掉我！

「我不要！我不要！我死都不幫忙！竟然叫我當誘餌將鬼引出來，我才不要！」

「哎呀！先不要這麼激動嘛！」醫生拚命安撫我的情緒。「你忘了嗎？我在你背上貼了護身符啊！不要怕，沒事的。雖然鬼會聞到你的氣味，從洞穴裡跑出來想要吃掉你，但他完全看不到你，不知道你在哪裡。你不會有生命危險。只要鬼一出來，我就會對付他。你要相信我，我可是專業醫生，這個世界上獨一無二的妖怪內科醫生啊！只要你幫我，我一定會好好獎賞你。」

我和醫生沉默的對看，他粗眉下的銳利雙眼閃爍著光芒，不斷對我發出期待的眼神。

不知道我跟醫生對看了多久，最後我再也堅持不下去，決定舉手投降。

我垂頭喪氣的對醫生說：「好啦！我答應幫你。」

「真是太好了！」醫生開心大叫，拍了拍我的肩膀說：「從現在起，你就是我的助手。」

我什麼時候變成鬼燈醫生的助手了？雖然心裡這麼想，但我沒有說出來。

醫生笑容滿面的從看診包拿出特大號針筒和特大號玻璃瓶裝藥劑——那應該就是「鬼流感」疫苗。

醫生將針頭插入玻璃瓶，吸滿整支針筒後，抬頭看向我。他用尖尖的下巴前端指著洞穴入口，示意我「快過去」。

我慢吞吞的在樹林間前進，走向洞穴前方。鬼燈醫生拿著針筒和看診包，跟在我後面。

我今天到底走了什麼霉運？先是被強迫留在醫院看守，現在還要當誘餌引鬼出洞……

我站在漆黑的洞穴前面，聽見心臟快速跳動的聲音，內心充滿不安與緊張。

我看了一眼躲在入口旁松樹後方的鬼燈醫生，決定為了我的自

身安全做最後的掙扎。我跟醫生提議：「我想我們還是不要幫鬼打預防針，現在就回家，好不好？」

醫生嚴厲的看著我，搖搖頭斷然拒絕。

「我也只是問問看而已。」我失望的嘆了一口氣。

既然事情已經到了這個地步，那就放手一搏吧！我決定相信鬼燈醫生的醫術，在洞口等鬼出來。

就在此時，我看到醫生從黑色看診包裡拿出一把大扇子，對著我搧風。

醫生這麼做並不是怕我熱，而是要將我身上的味道送進洞穴將

鬼引出來。就像鰻魚店老闆在烤鰻魚時，都會用扇子搧風，讓更多人聞到鰻魚香味，吸引饕客上門。

真是太過分了！我不禁在內心翻了好幾個大白眼。

# 11我會被鬼吃掉嗎？

不一會兒，我聽見洞穴深處好像有什麼動靜，我趕緊跟鬼燈醫生說：「醫生，可以不要再用扇子搧我了嗎？」

只見一團黑影在洞穴深處慢慢脹大，腥羶的味道愈來愈強烈，不斷湧出洞口。接著我聽見一陣陣沉重的腳步聲，從聲音不難想像，這隻鬼的體形十分龐大。

來了！有東西要從洞穴裡出來了！

是鬼！鬼要來吃掉我了！

我的雙腿不斷在發抖，我的心撲通撲通的跳。我嚇出一身冷汗，整個背都溼了。

「忍耐一下，站在那裡不要動，一定要等到那傢伙出來才行。」

鬼燈醫生躲在松樹後面小聲的提醒我。我用力穩住雙腳，全身僵硬的站在洞穴前。醫生依舊在我身後搧扇子。

咚、咚、咚！隨著鬼的腳步聲愈來愈靠近，我深刻感受到每個步伐踩在地面引起的震動。鬼已經接近洞口了。

該來的終究躲不掉。我看見一道黑影晃到洞口，下一秒，一隻身形巨大的鬼從洞裡走出來。

出現在我眼前的巨鬼頭上頂著兩隻高聳的角，雙眼發出銳利的光芒，他一出洞便四處張望。他的雙手十分粗壯，長滿體毛；有著長長趾甲的雙腳穩穩的踩在地面上。

巨鬼喃喃自語：「有人類的味道！我聞到人類小孩的味道！啊，我的美食在哪裡！」

巨鬼用他的鼻子到處嗅聞，一邊發出低沉的吸氣聲。從他的舉動看來，他應該沒看到我。

無奈人算不如天算。此時突然吹起一陣強風，搖動樹梢，發出「咻咻咻」的聲音。強風吹到洞穴附近，掀起一股迴旋氣流。

我看到一張白色紙張掠過我的脖子，飄向風中。定睛一看，我忍不住倒吸一口氣。

「那是護身符！我背後的護身符飛走了！」眼見護身符被風吹走，我抬頭看著護身符的眼神正好對上巨鬼的雙眼。巨鬼眼神發亮，露出詭異的笑容。

我大聲尖叫：「救命啊！」

巨鬼開心大喊：「我找到啦，原來美食就在我眼前！」

糟了！被巨鬼發現了！保護我的護身符被風吹走，巨鬼可以清楚的看見我。

快逃！我要逃！我得趕快逃才行！

眼見巨鬼就要來吃我，我拚命抬起僵硬的雙腿，跌跌撞撞的轉身就跑。

「哼哼哼、嗯嗯嗯。」巨鬼愉快的用鼻子哼著歌，在我後頭緊追不放。

我不禁在內心想著「完了！我慘了！我逃不掉了。」巨鬼伸出粗壯的雙手想要抓住我，就在我以為自己要被抓住時，鬼燈醫生挺身而出，大喊：

「站住！你這個沒用的窩囊鬼！看我這裡！今年我也給你帶來準備已久的禮物呢！」

巨鬼聽見有人在大吼大叫，一臉不耐煩的轉頭看向鬼燈醫生，頓時他的身體像是石頭般動彈不得，原本伸向我的粗壯手臂也停在半空中。我害怕的抬頭一看，先是看到停在半空的手臂，再看向巨鬼，只見他瞪大雙眼，一動也不動。

我還搞不清楚究竟發生了什麼事。鬼燈醫生從我身後跑來，一手拿著大型針筒，另一手高舉寫著「惡鬼封印」的白色符咒，跑到巨鬼面前。

醫生將符咒高舉在巨鬼眼前，拿著大型針筒的那隻手朝巨鬼粗壯的手臂刺入，兩三下便完成注射疫苗的工作。注射完畢後，醫生才對著瞠目結舌的我說明來龍去脈。

「這是用來封印鬼的符咒。大多數的鬼只要看到這張符，就會像石頭一樣全身動彈不得。我每年都是用這個方法制伏這傢伙，完成注射。就是因為這樣，他今年才會躲在陰暗的洞穴，躲避封印符的攻擊。這次多虧你的幫忙，順利將鬼引出來，幫我解決這樁心事。真是可喜可賀、可喜可賀啊！」

滅鬼封印

我呆呆的看著巨鬼，心想原來巨鬼打疫苗既不會哭，也不覺得痛，真乖啊！不過，轉念一想，也可能是因為他被符咒封印，所以才沒辦法做出任何反應。

趁著巨鬼仍無法動彈，醫生迅速收起針筒，拿起看診包，一派輕鬆的對我說：「我們回去吧！」

「回去？要怎麼回去？」我轉頭看向茂密的森林，尋找可能的出路。鬼燈醫生將手伸進口袋，拿出某項物品。

我仔細一看，那是一顆鬼燈球造型的鈴鐺。

# 12 鬼燈球魔法鈴

叮鈴、叮鈴、叮鈴。

醫生搖了一下鬼燈球魔法鈴，清透的鈴聲響徹森林。鈴聲聽起來像是吟唱，又像是低喃，感覺很神奇。

醫生對我說：「來吧！門開了。」

我還沒意會到醫生在說什麼，四處張望才發現，我的背後不知何時出現了醫院的紅磚牆，紅磚牆的小門就在我的眼前。我可以看到紅磚牆後，排列得像魚鱗的醫院屋瓦。

鬼燈醫生走在我前面，拉開木門。接著轉頭笑著對我說：

「還記得我說過的嗎？只要有鑰匙，隨時都能開門。」

醫生說完之後便走進去，我也趕緊跟在他後頭進了小門。

之前出去時，我被一股強風往外吹；現在，我同樣被一股強風往裡推。

強勁的風勢吹得我的身體往前傾，差點站不穩。走進小門後，我看見鬼燈醫院的圓形庭院，盛開的玫瑰叢依舊左右搖晃著。

此時的我彷彿在黎明前做了一個短暫的夢，感覺很不真實。

我猜想從這道小門前往朱雀山山頂，到完成任務回來，並沒有

花太多時間。秋天的太陽還閃耀著金色光芒，灑了庭院一地，也溫暖了清新的空氣。

早我一步走過小門的鬼燈醫生逕自走入診間，一屁股坐進黑色扶手椅，伸直雙腿。

只見他自顧自的說：「好累啊！今天真忙！不過，一想到終於幫那個麻煩鬼打好疫苗，就覺得一切都值得了。天狗老頭的鼻子也打了石膏，無臉鬼的頭痛也在我外出的時候醫好了——

「對了，說到這個，我覺得請個助手好像也不錯，總比我一個人忙得團團轉來得好。」

鬼燈醫生說完後，瞇起犀利的雙眼，笑呵呵的看著我。接著說：「好了，你也差不多該回家了。雖說時間在我們這個世界毫無意義，時間只在巷子口的另一邊流動，不過，你也不可能一直待在這裡。」

此時，玄關傳來「叮鈴咚隆」的門鈴聲，醫生皺起眉頭，不耐煩的說：

「好像又有病人來了，你趕快回去吧！我要開始看診了，你快回到巷子的另一邊吧！我已經幫你打開入口大門，你就沿著剛剛走來的小巷回去。」

我撿起之前丟在庭院一角的魚網，一想到以後再也不會來這家醫院，既覺得鬆了一口氣，又感覺有點失落，心情五味雜陳。

「醫生再見。」我向鬼燈醫生道別，只見他坐在辦公桌前寫東西，頭都沒抬起來。

我輕輕嘆了一口氣，安靜的走開。

正當我走到房子的外牆，撿起放在小窗下的藍色水桶時，我忽然聽見鬼燈醫生的聲音。

我抬頭一看，醫生從開著的小窗探出頭，對我說：

「我差點忘了要獎賞你。把手伸出來——這就是我的謝禮。」

我將手伸到小窗下方，醫生丟了一樣東西到我的手掌，發出輕微的叮鈴聲。我立刻握緊拳頭，避免東西掉出去。

我收回手，張開握緊的拳頭一看，感到非常驚喜。我問醫生：「這是……鬼燈球魔法鈴？」

醫生在小窗內露出淺淺一笑，對我說：「這是鑰匙，是連結這家醫院和外面世界的大門鑰匙。只要你想來這裡，就在郵筒前搖一下鈴，巷子口的大門將為你敞開。」

# 13 妖怪內科的助手

我將鬼燈醫生給我的鑰匙小心翼翼的收進口袋，拿起魚網和水桶走進長長的窄巷，往剛剛來的反方向走。

在往回走的過程中，我與好幾隻要去鬼燈醫院看病的妖怪擦身而過。不過，在巷子裡遇到的妖怪看起來很朦朧，感覺很像影子，不像在鬼燈醫院遇見的妖怪那麼清楚。那些妖怪完全沒注意到我，很自然的穿過我的身體，往巷子裡走去。

離鬼燈醫院愈遠，那些妖怪的影子就愈模糊；最後，我與一團看似熱氣的神祕物體擦身而過，下一秒便見到從出口照射進來的光線。

我大喊著：「出口終於到了！」然後往外跑。

我擔心醫生幫我打開的大門隨時都會關起來，於是加快腳步往前跑，最後一段路幾乎是跌跌撞撞的滾出來。我看到燦爛的陽光，不由得情緒激昂。

等我靜下心來，仔細查看四周，發現這裡正是門前町的玉之辻十字路口。四周景象一如往常，絲毫沒有任何異狀。我不禁鬆了一口氣，開心到無法控制的大笑出聲。

笑了幾聲之後，我立刻回頭看，那條巷子已經不見了。我才剛跑出來，沒想到一眨眼的時間巷子便消失無蹤，真是不可思議。無論我怎麼看，都找不到巷子入口。

路邊的黑色圍牆與隔壁房子的白色圍牆緊密相連，兩者之間毫無空隙。郵筒也跟以前一樣靜靜佇立在黑色圍牆前。

我輕輕將手伸進口袋裡，我的手指頭碰到了鬼燈球魔法鈴，發出細微的叮鈴聲。

這果然不是一場夢，我真的不是在作夢。我的手裡握有打開鬼燈小路大門的鑰匙。

我緊握著躺在口袋深處的鬼燈球魔法鈴，沐浴在秋天暖陽下，走向回家的路。

我不禁猜想，自己什麼時候才會再次經過那條小巷，前往鬼燈醫院？

我可是這個世界上獨一無二的妖怪內科醫生聘請的獨一無二的助手。一想到這一點，我忍不住得意起來。

此時肚子又不爭氣的叫了起來——唉，我真的好餓啊！

馬路對面不斷飄來陣陣咖哩香，秋風帶著各家午餐的味道吹過十字路口的每個角落。

POST

# 鬼燈京十郎的診療日記　無臉鬼篇

10月28日星期五

無臉鬼到醫院來了。

無臉鬼，又名野篦坊、無臉妖。臉上沒有五官，看起來很奇特。以前知名作家小泉八雲⑤先生，曾經寫過一篇鬼怪故事，名為〈貉〉。裡面提到的妖怪就是無臉鬼。

故事描述一名男子在東京的紀國坂，遇見一名沒有眼睛、鼻子與嘴巴的女子，他嚇得驚慌失措，逃進蕎麥麵攤。男子向麵攤老闆敘述自己的遭遇後，老闆竟轉過頭問：「是這樣的臉嗎？」原來麵攤老闆也有一張沒有五官的臉。

無臉鬼最擅長的就是露出自己的臉嚇人，除此之外，不會做任何壞事。我從來沒聽過有人被無臉鬼附身或殺害，因此將無臉鬼歸類在無害類妖怪之列，一點也不為過。

不巧的是，無臉鬼到醫院看病時，我正好外出看診。在此之前，我留下一名人類小孩幫我看著醫院，請他代為招呼無臉鬼。沒想到他竟誤打誤撞的擊退附身在無臉鬼身上的附身鼠妖。

他看見打瞌睡的無臉鬼頭上冒出一隻黑影老鼠，趕緊拿了魚網想要捕捉鼠妖，他不知道這個下意識的舉動是最正確的處理方法。

一般來說，攻擊妖怪的影子會比攻擊妖怪本身來得有效。多虧了他，才能解決無臉鬼的問題。

這個小朋友真是不簡單，我決定聘請他擔任我的助手。

⑤小泉八雲是出生於希臘的日本小說家，原名為派屈克．拉夫卡迪奧．赫恩（Patrick Lafcadio Hearn）。他是現代日本怪談文學鼻祖，他的作品〈黑髮〉、〈雪女〉、〈無耳芳一〉和〈茶碗〉等短篇鬼故事曾被改編成電影。他搜集日本民間故事所創作的《怪談》是日本靈異文學代表作。

# 56 讀書會之妖怪小學堂

在鬼燈醫院裡，來看病的全都是妖怪。
你知道這些妖怪們各是什麼來歷嗎？
一起來看關於這些妖怪們的小祕密吧！

## 狐妖

狐妖又稱妖狐、狐狸精。狐狸精的概念最早源自中國，傳到日本後加入了妖怪的特徵，又與日本民間信仰混合，日本就有了自己的狐妖。在日本佛教觀念裡，狐妖被視為農業神的使者，會保護田產，因此受到日本人的崇拜。

中國傳說裡最有名的狐妖故事，是九尾狐化身商朝紂王的愛妃妲己；她迷惑紂王使其變得殘暴害民，最後導致商朝亡國。

## 天狗

天狗是日本相傳最惡最強的妖怪之一。中國傳說中天狗的形體比較像狐狸，但在日本，天狗的臉是紅色的，有著高高的紅鼻子，看起來更像長鼻猴。天狗的身材非常高大，手上通常拿著團扇或寶槌，身穿盔甲，腰際佩戴武士刀，腳下穿的是日式傳統高腳木屐。

天狗有善也有惡。善良的天狗會做好事、幫助人類；惡的天狗會作亂。天狗最討厭鯖魚的味道；如果想要打敗天狗，只要讓他聞到鯖魚，他一定會立刻離開。

## 無臉鬼

在日本傳說裡，有一種稱為「野篦坊」的妖怪，通常是狐或狸這類動物為了嚇人而變成的。他們沒有眼睛、鼻子、嘴巴，一張臉光溜溜的像光滑的水煮蛋一樣，所以被稱為「無臉鬼」或「雞蛋臉妖怪」。

現今知名度最高的無臉鬼，應該就是日本動畫大師宮崎駿的作品《神隱少女》中的無臉男。他全身黑色，戴著一個白色面具，陰沉的外面下其實有著非常善良的心。他原本獨來獨往的很寂寞，最後受到女主角的幫助和解救。

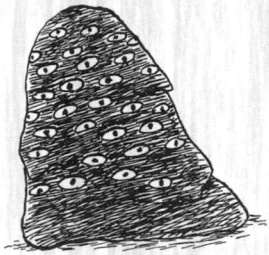

## 百目

日本傳說裡的百目妖怪，據說是由一名女扒手變成的。傳說有偷竊習慣或有做虧心事的人身上會長出眼睛。這個喜歡偷竊的女人，每偷一次東西，身上就長出一個眼睛；如果長出的眼睛超過一百個，就會變成非常可怕的妖怪。

百目妖怪的頭髮很長，身上穿著寬大的長袍，因為全身上下都長滿眼睛，一碰到衣服就會非常疼痛。而且因為白天陽光太刺眼，所以百目只在夜晚活動。

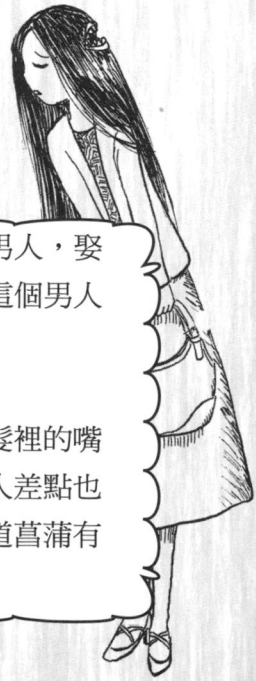

## 二口女

如果你有兩個嘴巴，你會用來做什麼？日本傳說中有個非常小氣的男人，娶了一個妻子，這個妻子最特別的地方就是她每天都不用吃飯。正當這個男人很高興可以節省開銷，卻發現家裡的食糧大量減少。

有天他假裝外出後偷偷回家查看，發現妻子居然正用藏在後腦勺頭髮裡的嘴巴吃飯！原來這個妻子就是傳說中的二口女。後來，這個吝嗇的男人差點也被二口女吃掉，幸好躲進菖蒲叢裡才平安無事。也因此，大家才知道菖蒲有避邪的功效。

## 附身鼠妖

附身鼠妖指的是附身在別人身體裡作亂的老鼠妖怪。日本傳說中比較有名的鼠妖是一種名為「鐮鼬」的妖怪。他的外形像鼬鼠，會以旋風的形象出現，然後像一把鐮刀般的把人劃出傷口，可是受傷的人卻不會覺得痛。也有地方傳說鼬鼠會用後腿直立起身體、盯著人的臉看，此時他正在數人的眉毛，從而使人產生幻覺。

除此之外，鼬鼠也與火災的傳說有關。據說只要發現鼬鼠在夜裡聚集，聚集之處會形成火柱，火柱消失後，那裡就會發生火災。

小時候會讀、喜歡讀，不保證長大會繼續讀或是讀得懂。我們需要隨著孩子年級的增長提供不同的閱讀環境，讓他們持續享受閱讀，在閱讀中，增長學習能力。這正是【樂讀 456】系列努力的方向。 —— 中央大學學習與教學研究所教授 **柯華葳**

**系列特色**

1. 專為已經建立閱讀習慣的中高年級以上讀者量身打造。
2. 兩萬到四萬字的中長篇故事，培養孩子的閱讀續航力。
3. 多元化題材及結構完整的故事內容，全面提升閱讀、寫作及表達能力。
4. 「456 讀書會」單元，增進深度理解與獲得新知。

## 妖怪醫院

世上絕無僅有的【妖怪醫院】開張了！
結合打怪、推理、冒險……「這是什麼鬼！？」
新美南吉兒童文學獎作家富安陽子
最富「人性」與「療效」的奇幻故事

故事說的是妖怪，文字卻很有暖意，從容又有趣。書裡的妖怪都露出了脆弱、好玩的一面。我們跟著男主角出入妖怪世界，也好像是穿越了我們自己的恐懼，看到了妖怪可愛的另一面呢！

——知名童書作家 **林世仁**

## 生活寫實故事，感受人生中各種滋味

★北市圖好書大家讀推薦入選
★教育部國民中小學新生閱讀推廣計畫選書

★教育部性別平等教育優良讀物
★文建會台灣兒童文學一百選
★中國時報開卷年度最佳童書
★新聞局中小學優良讀物推介

★中華兒童文學獎
★文建會台灣兒童文學一百選
★「好書大家讀」年度最佳讀物
★新聞局中小學優良讀物推介

## 創意源自生活，優游於現實與奇幻之間

★系列曾獲選好書大家讀年度最佳讀物獎、入選義大利波隆那同書展臺灣館推薦書

《神祕圖書館偵探》系列，乍聽之下是個圖書館發生疑案，要由小偵探解謎的推理故事。細讀後發現不完全是如此，它除了「謎」以外，也個充滿想像力的奇幻故事。

——臺南大學附設實驗小學教師 **溫美玉**

掌握國小中高年級閱讀力成長關鍵期

# 樂讀456，深耕閱讀無障礙

學會分析故事內涵，鍛鍊自學工夫，增進孩子的閱讀素養

## 奇想三國，橫掃誠品、博客來暢銷榜

### 王文華、岑澎維攜手說書，用奇想活化經典，從人物窺看三國

本系列為了提高小讀者閱讀的興趣，分別虛構了四個敘述者的角度，企圖拉近歷史與孩子之間的距離，並期望，經由這些人物的事蹟，能激發孩子對歷史的思考，並發展出探討史實的能力。

—— 東華大學中文系教授、「三國學」專家 **王文進**

一般人只看到曹操敗得多淒慘，孔明贏得多瀟灑，我卻看見曹操的大器，拿得起，放得下！

—— **王文華**

如果要從三國英雄裡，選出一位模範生，候選人裡，我一定提名劉備！

—— **岑澎維**

孔明這位一代軍師生在當時是傑出的軍事家，如果生在現代，一定是傑出的企業家！

—— **岑澎維**

孫權的勇氣膽略，連曹操都稱讚：生兒當如孫仲謀！

—— **王文華**

## 黑貓魯道夫

### 一部媲美桃園三結義的黑貓歷險記

這是一本我想寫了好多年，因此叫我十分妒羨的書。此系列亦童話亦不失真，充滿想像卻不迴避現實，處處風險驚奇，但又不失溫暖關懷。寫的、說的，既是動物，也是人。

——知名作家 **朱天心**

★「好書大家讀」入選
★榮登博客來網路書店暢銷榜
★日本講談社兒童文學新人獎
★知名作家朱天心、番紅花、貓小姐聯合推薦

★「好書大家讀」入選
★日本野間兒童文藝新人獎
★日本路傍之石文學獎
★知名作家朱天心、番紅花、貓小姐聯合推薦

★知名作家朱天心、番紅花、貓小姐聯合推薦

★日本野間兒童文藝獎

妖怪醫院 1

# 妖怪也會感冒

文｜富安陽子
圖｜小松良佳
譯｜游韻馨

責任編輯｜許嘉諾
美術設計｜林佳慧
行銷企劃｜葉怡伶

天下雜誌群創辦人｜殷允芃
董事長兼執行長｜何琦瑜
媒體暨產品事業群
總經理｜游玉雪　副總經理｜林彥傑
總編輯｜林欣靜　行銷總監｜林育菁
主編｜李幼婷
版權主任｜何晨瑋、黃微真

出版者｜親子天下股份有限公司
地址｜台北市 104 建國北路一段 96 號 4 樓
電話｜（02）2509-2800　傳真｜（02）2509-2462
網址｜ www.parenting.com.tw
讀者服務專線｜（02）2662-0332　週一～週五：09:00~17:30
讀者服務傳真｜（02）2662-6048
客服信箱｜ parenting@cw.com.tw
法律顧問｜台英國際商務法律事務所 ・ 羅明通律師
製版印刷｜中原造像股份有限公司
總經銷｜大和圖書有限公司　電話：（02）8990-2588

出版日期｜ 2016 年 10 月第一版第一次印行
2024 年 1 月第一版第二十五次印行
定　　價｜ 260 元
書　　號｜ BKKCJ035P
ISBN ｜ 978-986-93668-2-3

訂購服務
親子天下 Shopping ｜ shopping.parenting.com.tw
海外 ・ 大量訂購 ｜ parenting@cw.com.tw
書香花園｜台北市建國北路二段 6 巷 11 號　電話（02）2506-1635
劃撥帳號｜ 50331356 親子天下股份有限公司

立即購買 >

國家圖書館出版品預行編目資料

妖怪醫院1：妖怪也會感冒／富安陽子文；小松良佳圖；游韻馨譯. -- 第一版. -- 臺北市：親子天下，2016.10
152面；17x23公分. --（樂讀456系列；35）
ISBN 978-986-93668-2-3（平裝）

861.59　105017606

OBAKE DATTE KAZE WO HIKU! NAIKA OBAKEKA HOOZUKI IIN
by YOHKO TOMIYASU and YOSHIKA KOMATSU
Text Copyright © 2006 Yohko Tomiyasu
Illustrations copyright © 2006 Yoshika Komatsu
Originally published in Japan in 2006 by POPLAR PUBLISHING CO., LTD.
Traditional Chinese translation copyright © 2016 by CommonWealth Education Media and Publishing Co., Ltd.
All rights reserved.
No part of this book may be reproduced in any form without the written permission of the publisher.
Traditional Chinese translation rights arranged with POPLAR PUBLISHING CO., LTD., Tokyo
through AMANN CO., LTD., Taipei.